AF364173

INDEPENDENT
LEGIONS
PUBLISHING

CLIVE BARKER
ANIME TORTURATE
LA LEGGENDA DI PRIMORDIUM

ISBN: 978-88-99569-60-0

Settembre 2017

Titolo originale: *Tortured Souls – The Legend of Primordium*
Traduzione: Francesca Noto
Revisioni finali: Alessandro Manzetti
Proofreading: Miriam Mastrovito
Illustrazione di copertina: Ben Baldwin

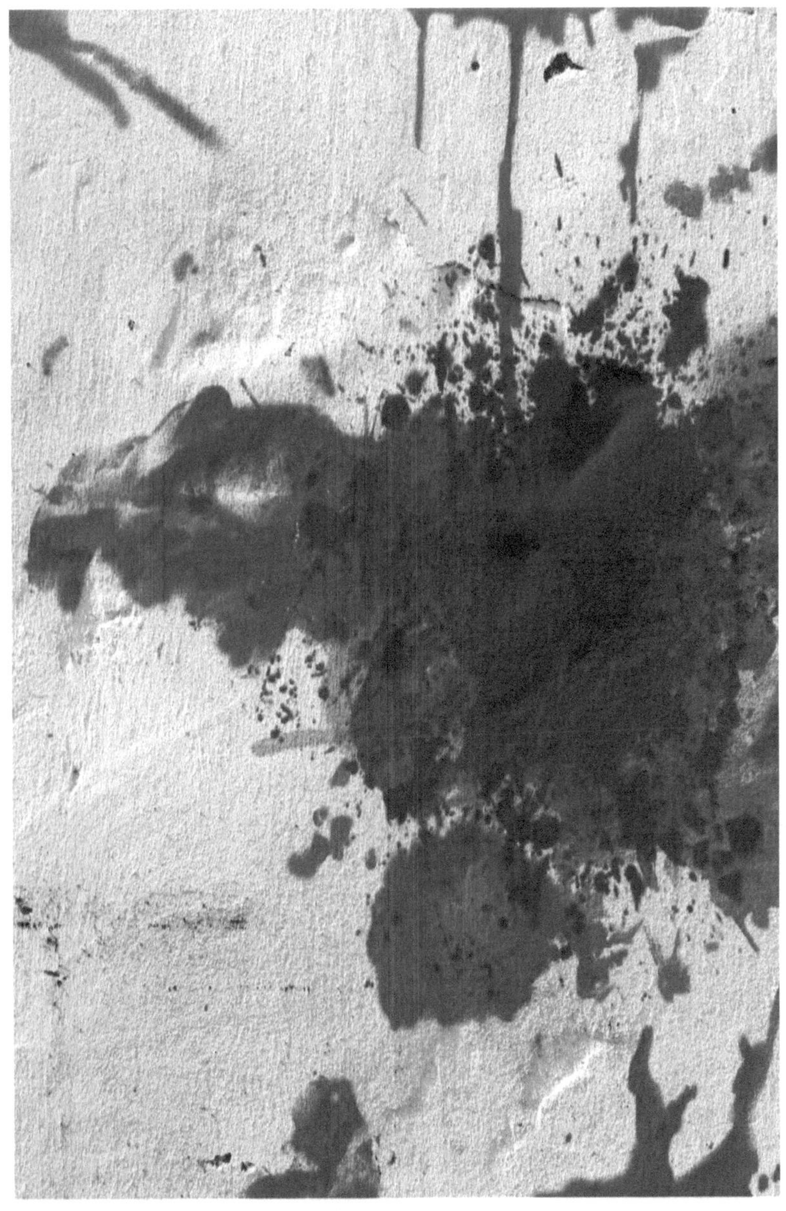

SOMMARIO

ANIME TORTURATE – LA LEGGENDA DI PRIMORDIUM

Clive Barker

ANIME TORTURATE

LA LEGGENDA DI PRIMORDIUM

LIBRO PRIMO
Il Volto Segreto della Genesi

I

Lui sa trasformare la carne umana; è un creatore di mostri.

Se un Supplicante lo cerca con sufficiente necessità e desiderio di cambiare – pur sapendo quanto sarà dolorosa quell'esperienza – lui glielo garantisce. Essi allora, sotto le sue mani, diventano oggetti di perversa bellezza; i loro corpi ricreati in guise su cui non avranno alcun potere decisionale.

Nel corso degli anni, dei secoli, in realtà, questa straordinaria creatura è stata chiamata con molti nomi. Ma noi useremo il primo che gli sia mai stato dato: AGONISTES.

Dove può trovarlo un Supplicante? Di solito, in quelli che lui chiama "i luoghi che bruciano": i deserti, per esempio. Ma talvolta lo si può trovare anche nelle nostre città incendiate: posti in cui la disperazione ha ridotto in cenere ogni tentativo di credere nella speranza e nell'amore.

Lì si muove in silenzio, in modo irreprensibile, la sua presenza è poco più che un sussurro. E in quei luoghi attende che coloro che hanno bisogno di lui vengano a cercarlo.

Quando un Supplicante gli si presenta davanti, non si manifesta alcuna coercizione. Non c'è mai violenza, almeno finché il Supplicante non gli firma la sorte sulla sua stessa carne. Allora sì, qualcuno può anche avere dei ripensamenti, una volta che l'opera di mutazione prende forma. La verità è che in molte occasioni dei Supplicanti hanno implorato di morire, piuttosto che continuare a essere "potenziati" da Agonistes. Fa troppo male, gli hanno detto straziati, mentre i suoi bisturi e le sue torce operavano la loro terribile chirurgia su di loro. Ma in tutto il tempo in cui ha vagato nel mondo, lui ha concesso il conforto della morte solo a un Supplicante che aveva cambiato idea. Quell'uomo era Giuda Iscariota, che si lamentò tanto da convincere la creatura a impiccarlo a un albero. Sugli altri invece ha sempre continuato a lavorare nonostante le loro lamentele, a volte per giorni e notti, tornando a operare, dopo la guarigione di parte della carne, per poter procedere oltre.

Ci sono alcune piccole consolazioni, per tutto quel dolore, che a volte Agonistes offre ai suoi Supplicanti, durante il lavoro di mutazione. Per esempio, canta per loro, e si dice che conosca ogni ninnananna mai scritta, in ogni lingua del mondo; canti da culla, per alleviare le pene di uomini e donne che ricrea a immagine del loro terrore.

Se per qualche motivo si sente particolarmente comprensivo nei confronti di un Supplicante, può perfino fargli mangiare un pezzo della sua demoniaca carne: giusto una striscia, tagliata via con uno dei bisturi più sottili dal muscolo tenero della coscia, o dall'interno di un labbro. Secondo la leggenda, non c'è cibo più confortante e squisito della carne di Agonistes. Ne basta un piccolo pezzo sulla lingua di un Supplicante per fargli dimenticare ogni orrore che sta sopportando, e condurlo in un luogo di paradisiaca quiete.

Poi, una volta che il suo cliente è placato, la creatura torna al lavoro, tagliando, infibulando, bruciando, cauterizzando, tendendo, torcendo e riconfigurando.

A volte porta uno specchio alle sue vittime, per mostrare loro come sta procedendo la creazione, talvolta annunciando che i risultati saranno sorprendenti; così, non potranno che immaginare, in mezzo alla nebbia del dolore, in cosa saranno trasformati.

II

Quella di Agonistes è una vera e propria arte.

Anzi, secondo lui la creazione di una nuova carne è definibile come la Prima Arte, poiché fu quella che Dio usò per creare la vita. Agonistes crede in Dio; lo prega ogni sera e mattina: lo ringrazia per aver creato un mondo ricco di tanta disperazione, colmo di tale desiderio di vendetta che i Supplicanti vengono a cercarlo per implorarlo di trasformarli nell'immagine del loro mostruoso ideale.

E, a quanto pare, quel Dio non si sente affatto offeso dalla sua opera, perché per duemilacinquecento anni la creatura ha vagato su questo pianeta, praticando quella che lui chiama arte sacra, senza creargli problemi, e facendolo prosperare.

Alcuni di coloro che sono finiti sotto il suo coltello, come Ponzio Pilato, si sono ricavati un posto importante nella nostra storia. Molti altri sono rimasti anonimi. Ha trasformato potenti e criminali, attori falliti e architetti; donne tradite dai mariti che desideravano una nuova forma con cui attendere gli adulteri nel talamo nuziale; insegnanti e profumieri, addestratori di cani e carbonai. Potenti e ignoti, nobili e popolani. Finché esisteranno Supplicanti sinceri, e le loro preghiere appariranno genuine, Agonistes le ascolterà.

Chi è costui? Questo artista, viaggiatore, e trasformatore di carni e ossa umane?

In realtà, nessuno lo sa. Nella Biblioteca Vaticana è conservato un libro intitolato "Trattato sulla Follia di Dio", scritto da un certo Cardinal Gaillema nella metà del XVII secolo. In questo testo, il religioso afferma che il racconto della Creazione del mondo, così come ci viene presentato dal Libro della Genesi, sia errato in diversi particolari, uno dei quali ci interessa in modo speciale, per i nostri usi: nel settimo giorno, secondo il Cardinale, Dio non si riposò. Al contrario, trasportato dalle fatiche della sua opera in una sorta di stato estatico, continuò a lavorare. Ma le creature cui diede vita, così esausto, non furono le bestie sane con le quali aveva popolato l'Eden. In un giorno e una notte, vagando tra le glorie appena nate della Creazione, evocò forme che sfidavano tutta la bellezza del suo primo lavoro. Distruttori e demoni, in antitesi totale con le forme integre plasmate nei primi sei giorni.

Uno di essi, secondo il Cardinale, fu proprio Agonistes. Ed è per questo che è in grado di pregare il Padre Celeste, con la consapevolezza di essere ascoltato. Secondo il racconto del Cardinale Gaillema, il demone trasformatore non è altro che una creatura di Dio.

E non c'è dubbio che, nel suo modo perverso, possieda una funzione e una missione. Nel corso degli anni e dei secoli ha rappresentato l'unica risposta a innumerevoli preghiere di liberazione dall'impotenza.

Le parole possono cambiare, da una invocazione all'altra, ma la sostanza è sempre la stessa:

«Oh Agonistes, oscuro salvatore, trasformami a immagine degli incubi dei miei nemici. Disponi della mia carne come materiale per incidere le loro paure; fa' che il mio cranio diventi una campana che risuoni del tocco della loro morte. Dammi una canzone da cantare, quella della loro disperazione, e fa' che si sveglino e mi trovino a cantarla ai piedi del loro letto».

«Disfami, scioglimi, trasformami».

«E, se non puoi fare questo per me, Agonistes, fa' che io sia escremento; oppure niente, e meno che niente».

«Perché voglio essere il terrore dei miei nemici, o l'oblio».

«La scelta, Signore, è tua».

LIBRO SECONDO
L'Assassino Trasformato

I

Primordium fu fondata prima di qualsiasi grande città narrata dai miti o dalla storia. In verità, secondo diverse fonti, fu la prima in assoluto. Precedette Roma, Troia, Gerusalemme.

Fino a non molto tempo fa fu governata da una dinastia di Imperatori, il cui lungo mandato produsse senza soluzione di continuità un'abitudine alla crudeltà che avrebbe fatto impallidire i peggiori eccessi dei più corrotti ed efferati Cesari di Roma. L'Imperatore Perfetto XI, per esempio, che dominò Primordium per sedici anni, fino alla Grande Insurrezione, conosceva bene ogni tipo di corruzione della mente e dello spirito. Visse in un eccesso di lusso, in un palazzo che riteneva impenetrabile, senza preoccuparsi affatto dei due milioni e tre quarti di persone che abitavano la città.

Alla fine, fu questa la sua rovina.

Ma ci arriveremo.

II

Per prima cosa, lasciate che vi parli di Zarles Kreiger, che proveniva dai peggiori bassifondi della città. Da bambino mangiava spesso al Vomitorium, dove, come accadeva nell'antica Roma, il cibo rigurgitato dai ricchi, nutritisi in eccesso, poteva essere acquistato per pochi soldi e consumato una seconda volta. Kreiger doveva contare su una grande fortuna per riuscire a sopravvivere in una simile condizione di povertà. Paradossalmente, esperienze che avrebbero ridotto la maggior parte degli uomini all'ombra di se stessi non fecero altro che rafforzarlo. A tredici anni era già più grosso di tutti i suoi fratelli maggiori. E, insieme alla forza fisica, qualcos'altro si sviluppò: la curiosità di scoprire come funzionasse davvero la città infinitamente corrotta in cui viveva. Senza comprendere in che trappola era bloccato, considerava, non sarebbe mai stato in grado di uscirne.

A quattordici anni divenne uno dei corrieri di Duraf Cascarellian, un criminale della Città Orientale, e ben presto fece carriera al suo seguito, semplicemente perché era pronto a fare tutto ciò che gli veniva chiesto. In cambio, Cascarellian lo trattava come un figlio, proteggendolo dalla cattura, per esempio, e coprendo i suoi misfatti e omicidi mandando degli uomini a ripulire tutto. Kreiger, in effetti, era un assassino che si lasciava dietro molte tracce da cancellare. Non era il tipo da prendersi la vita di qualcuno semplicemente recidendogli la gola. Amava usare delle falci, sbudellare le sue vittime, e poi strangolarle con le loro stesse interiora.

Un simile comportamento non poté passare inosservato a lungo, perfino in una città piena di eccessi come Primordium. E la reputazione di Kreiger era ulteriormente potenziata dal fatto che gli omicidi che Cascarellian gli commissionava erano spesso di natura politica. Giudici, membri del congresso, giornalisti che criticavano l'Imperatore: erano quelle le sue vittime, il più delle volte. Personalmente, non gli interessava affatto da che parte stessero quegli uomini. Il sangue era sangue, per ciò che lo riguardava, e lui traeva lo stesso piacere da quello che sgorgava dal corpo di un Repubblicano o di un Realista.

Poi conobbe una donna di nome Lucidique, e tutto cambiò.

III

Lucidique era la figlia di un Senatore che di recente si era lamentato pubblicamente per lo stato di profonda decadenza in cui versava la città. La Dinastia dei Perfetti stava usando le tasse per pagarsi i suoi piaceri, aveva dichiarato: doveva essere fermata.

L'ordine era arrivato direttamente dall'Imperatore: *liberatemi da quel Senatore*. Cascarellian non aveva alcun interesse nelle questioni filosofiche, ma era ben contento di obbedire al suo sovrano, così inviò Kreiger a uccidere quel piantagrane.

L'assassino raggiunse l'abitazione del politico, lo trovò in giardino tra le sue rose, lo sventrò e lo trasportò all'interno. Stava sistemando il suo corpo sul tavolo da pranzo, quando si mostrò Lucidique. Nuda, appena uscita dal bagno, ma anche pronta ad accogliere l'intruso. Aveva con sé due coltelli.

Girò intorno a Krieger, mentre lui era in piedi in mezzo al sangue e alle interiora di suo padre.

«Se ti muovi, ti ammazzo», dichiarò.

«Con due coltelli da tavola?», domandò lui, tagliando l'aria con le sue falci. «Tornatene al bagno e dimenticati di avermi visto qui».

«Era mio padre, quello che hai appena ucciso!»

«Sì. Noto la somiglianza».

«Avresti dovuto pensarci due volte, prima di puntare un coltello alla gola di uno come mio padre. Lui voleva rovesciare l'Impero, in modo che gente come te non fosse più sfruttata».

«Gente come me? Tu non sai nulla di me».

«Ma posso immaginare», rispose Lucidique. «Sei nato nella

sporcizia e ci hai vissuto così a lungo che non riesci neanche a comprendere cosa accade davanti ai tuoi occhi».

L'espressione dell'assassino cambiò. «Forse allora qualcosa ne sai», ammise con un certo imbarazzo. La sicurezza di quella donna lo innervosiva. «Ti lascio a piangere tuo padre», disse, ritraendosi dal tavolo insanguinato.

«Aspetta!», lo fermò lei. «Non così in fretta».

«Che significa? Potrei ucciderti in un attimo, se volessi».

«Ma non vuoi, l'avresti già fatto».

«Come ti chiami?»

«Lucidique».

«E cosa vuoi da me, dunque?»

«Che tu mi segua nelle strade più orribili di Primordium».

«Credimi, le conosco bene».

«E allora sarai tu a mostrarle a me».

IV

Fu la passeggiata più strana che un uomo e una donna avessero mai fatto. Sebbene Kreiger si fosse lavato il sangue del Senatore dalla faccia, dalle mani e dalle braccia, puzzava ancora di morte. E se ne stava lì, ora, a camminare al fianco della figlia di colui che aveva appena ucciso, avvolta in un abito di lino scuro.

Attraversarono insieme i luoghi peggiori di Primordium: le malattie, la violenza e la povertà schiacciante, senza fine.

Talvolta Lucidique indicava le mura e le torri del Palazzo d'Inverno dell'Imperatore, che proteggevano stanze contenenti abbastanza ricchezze da ripulire i bassifondi della città e sfamare ogni bambino denutrito.

E, per la prima volta dopo molti, molti anni, Kreiger provò la forza di una vera emozione, ricordando le circostanze della sua stessa infanzia, quando veniva lasciato nelle fogne a cielo aperto delle strade di Primordium, mentre sua madre vendeva il proprio corpo divorato dalla droga a una delle guardie dell'Imperatore. Provò rabbia, mentre procedeva. E quel rancore cominciò a crescere.

«Cosa vuoi che faccia?», le domandò, frustrato da ciò che provava e dalla sua stessa impotenza. «Non potrei mai arrivare all'Imperatore».

«Non esserne così sicuro».

«Cosa intendi dire?»

«Hai ragione, la Dinastia è intoccabile, finché sei soltanto un uomo; uno sporco, piccolo assassino ingaggiato per uccidere grassi senatori. Ma immagina di poter essere più di questo: allora sì che potresti rovesciare il potere».

«E come?»

Lucidique gli lanciò uno sguardo in tralice. «Non posso mostrartelo qui. E poi, ho un padre da seppellire. Se vuoi saperne di più, vediamoci domani all'esterno dei Cancelli Occidentali. E vieni da solo».

«Se è una specie di trappola...», rispose Kreiger, «... per

vendicare tuo padre... prima che mi uccidano ti caverò gli occhi».

Lei sorrise. «Le tue parole d'amore sono deliziose», commentò.

«Sto parlando sul serio».

«Lo so. Non sarei così stupida da cospirare contro di te. Anzi, al contrario. Era destino conoscerti, vederti mentre uccidevi mio padre, e che tu decidessi di non uccidermi. C'è una connessione, tra noi. L'avverti, non è così?»

L'assassino osservò la strada sporca tra loro. La notte si era riempita di sentimenti che non aveva mai immaginato di poter provare. E ora ce n'era un altro, più pungente; sentiva anche lui la strana attrazione per la figlia dell'uomo che aveva ammazzato.

«Sì», disse infine. «La sento». Poi, dopo una lunga pausa di silenzio: «A che ora, domani notte?»

«Poco dopo l'una», rispose Lucidique.

«Ci sarò».

V

Il giorno seguente, le strade di Primordium erano piene di pettegolezzi e speculazioni: la morte del Senatore aveva dato vita a ogni genere di ipotesi. Quell'omicidio era il primo indizio che l'Imperatore non avrebbe ammesso altri accenni di pensieri democratici in città? Credendo che fosse così, molti membri del Senato lasciarono Primordium in tutta fretta, nel timore di poter essere i prossimi sulla lista delle epurazioni dell'Imperatore. Ovunque c'era un senso generale di agitazione.

Quanto a Kreiger, lui provava un profondo senso di aspettativa.

Quasi non aveva dormito, pensando a quello che era successo la notte prima. No, non soltanto a quel momento. Ripensò a tutta la sua vita: a dove l'aveva condotto fino a quel momento, e a come sarebbe andata da quel momento in poi, se la promessa di Lucidique si fosse rivelata veritiera

Di tanto in tanto lanciava un'occhiata alle mura del Palazzo (adesso pattugliato dal doppio delle guardie, rispetto al giorno precedente), e si domandò cosa avesse voluto intendere la donna, quando aveva parlato di un modo che avrebbe consentito a un singolo uomo di abbattere una Dinastia.

VI

All'una di notte, a un miglio di distanza dalla Porta Ovest di Primordium, si sedette su un masso e restò in attesa. Passata l'una da nove minuti, scorse due cavalli avvicinarsi (non dalla città, direzione dalla quale si sarebbe aspettato di veder arrivare Lucidique, ma dal Deserto, che si estendeva, vasto e in gran parte inesplorato, a ovest e a sud-ovest del centro abitato).

I due si avvicinarono e smontarono.

«Kreiger...»

«Sì?»

«Ti presento Agonistes».

Aveva sentito parlare di quell'uomo, nei tipici racconti che si scambiavano gli assassini, più vicini alla leggenda che alla realtà

Ma lui era lì. Reale come la donna che l'aveva portato con sé.

«A quanto pare, vorresti che Primordium diventasse una repubblica», esordì il demone. «E vorresti ottenere questo risultato da solo».

«Lei ha tentato di convincermi che sia possibile», replicò Kreiger. «Ma... io non ci credo».

«Dovresti avere più fede, Kreiger. Io posso renderti il terrore degli Imperatori, se tu lo desideri abbastanza. La scelta è tua. Ma decidi in fretta, perché ho da fare altrove, stasera, se non ti interessano i miei servizi. Riesco a percepire un centinaio di diverse preghiere alzarsi da Primordium, in questo stesso istante; sono voci di persone che vogliono da me il potere di cambiare il loro mondo».

Lucidique posò una mano sul volto dell'assassino. «Ora che è giunto il momento, vedo che in realtà non vuoi che accada davvero», mormorò. «Hai paura».

«Non è vero!», esclamò Kreiger. Ripensò a sua madre morta di vaiolo, ai suoi fratelli uccisi da piccoli, calpestati in strada da nobili che passavano a cavallo, e a sua sorella, rinchiusa nel manicomio senza alcuna speranza di tornare in sé.

«Prendimi. Fa ciò che devi fare», disse.

«Ne sei sicuro?», gli chiese Agonistes. «Ricorda, non potrai tornare indietro».

« È quello che voglio. Prendimi. Trasformami».

Lanciò uno sguardo a Lucidique. Stava sorridendo.

«Prendi i cavalli», le disse il demone. «Non ne avremo bisogno».

E così, Kreiger e Agonistes si voltarono e si diressero verso il deserto.

VII

Il giorno dopo, Lucidique seppellì suo padre. I pettegolezzi in città si erano placati, almeno un po', tuttavia c'era ancora un fremito, sottile ma persistente: Primordium si trovava in un momento di profonda instabilità; come un esplosivo capace di saltare in aria al minimo sobbalzo.

Otto notti dopo che Agonistes aveva condotto Kreiger nel deserto, Lucidique, che viveva nella casa di suo padre, non lontana dal Palazzo, fu svegliata da una serie di urla.

Si alzò e balzò alla finestra. C'erano luci accese in ogni stanza dell'edificio. Le porte erano spalancate e le guardie correvano ovunque, confuse.

La donna si vestì in modo anonimo e uscì in strada. Il

frastuono aveva svegliato la città e, sebbene le guardie dell'Imperatore andassero continuamente avanti e indietro, nel tentativo di stabilire un improvvisato coprifuoco, nessuno le prendeva in considerazione.

Lucidique si inoltrò nel Palazzo. Le urla si erano placate ormai, e preghiere sussurrate avevano preso il loro posto.

Non le ci volle molto per scoprire cos'era successo: la creatura che un tempo era stato Zarles Kreiger aveva compiuto la sua missione. La morte era ovunque, e il massacro indiscriminato: uomini e donne, sì; ma anche i loro figli, i bambini; perfino quelli non ancora nati.

L'Impero dei Perfetti smise di governare Primordium quella stessa notte. Non rimase in vita nessuno per portare avanti quel corrotto dominio. Kreiger li aveva uccisi tutti.

Mentre Lucidique se ne stava nella Sala Grande del Palazzo, in una pozza di sangue che lambiva le pareti, notò un riflesso. Alzò lo sguardo.

Eccolo lì, l'assassino di suo padre, ormai rinato. IL MAESTRO DELLE FALCI. Non era rimasto quasi nulla dell'uomo che aveva conosciuto: il lavoro di Agonistes aveva trasformato l'umile assassino in qualcosa che avrebbe infestato gli incubi e le strade di Primordium per molti anni a venire.

Le si avvicinò. La donna si domandò se quello potesse essere il suo ultimo istante sulla Terra; forse intendeva ucciderla con la stessa efficienza con cui si era liberato di tutti gli altri. Invece no. Si limitò a chinarsi per sussurrarle all'orecchio:

«...non puoi immaginare...»

Poi si lasciò alle spalle il massacro e si allontanò nella notte, fermandosi unicamente per lavare le sue lame in una delle tante fontane del cortile.

LIBRO TERZO
Il Vendicatore

I

Zarles Kreiger era stato umano, un tempo. Assassino al soldo del criminale di nome Duraf Cascarellian, Era stato capace di fare qualsiasi cosa, dietro compenso. Ma ci sono missioni dal prezzo inimmaginabile, e una, per lui, si era dimostrata tale. Colto in flagrante e con le mani sporche di sangue dalla figlia del Senatore, la deliziosa Lucidique, che lo aveva persuaso di essere anche lui una vittima. I signori della città in cui vivevano, la vasta e degenerata città-stato di Primordium, erano gli unici veri colpevoli; e finché la Dinastia non fosse stata rovesciata, la vita sarebbe continuata a germogliare come un caos macchiato di sangue, in cui individui come Kreiger avrebbero agito alla stregua di animali rabbiosi, e donne come Lucidique avrebbero perso i loro cari.

Quella situazione doveva finire, e Lucidique conosceva la soluzione. Lo aveva persuaso a mettersi nelle mani di un'antica entità di nome Agonistes, la quale lo avrebbe trasformato in qualcos'altro.

Lui si era lasciato convincere, e dopo otto giorni e otto notti nel deserto era tornato a Primordium come il Maestro delle Falci: una potente creatura distruttrice, che, nel giro di poche ore, aveva fatto a pezzi l'intera Dinastia dei Perfetti.

Prima di sparire nel deserto, aveva offerto soltanto tre parole a Lucidique:

«...non puoi immaginare...»

II

La notte in cui l'Imperatore e la sua famiglia vennero massacrati fu chiamata la Grande Insurrezione. Subito dopo seguì una serie di rivolte minori, mentre scoppiavano antiche inimicizie. Potenti figure che avevano profittato del decadente regno dell'Imperatore Perfetto per coprire la propria corruzione – giudici, vescovi, membri del clero, capi di gilde e corporazioni – si ritrovarono senza protezione, faccia a faccia con la gente che avevano sfruttato.

Perfino i criminali, che disponevano di eserciti privati

pronti a difenderli, adesso avevano paura.

Prendete, per esempio, Duraf Cascarellian. Non era certo uno stupido. Il fatto che l'assassino al suo servizio, Zarles Kreiger, fosse sparito proprio la notte dell'Insurrezione gli faceva sospettare che, in qualche modo, il destino dell'uomo fosse collegato alla caduta quasi sovrannaturale dell'Imperatore. In effetti, una delle sue spie, che era tra le guardie del Palazzo la notte del massacro, aveva visto la creatura, che tutti ora chiamavano il Maestro delle Falci, lavare le sue armi in una delle tante fontane. L'informatore era riuscito a sfuggire illeso al massacro, e aveva raccontato che, per quanto potesse sembrare improbabile, la figura semi-mitologica del Maestro delle Falci somigliava, lievemente ma innegabilmente, a Zarles Kreiger.

Era possibile, si domandava Cascarellian, che l'assassino scomparso e il Maestro delle Falci fossero in qualche modo la stessa persona? Un qualche incomprensibile cambiamento era avvenuto in Kreiger, tale da trasformarlo in quell'inarrestabile vendicatore? E, se era così, che parte aveva avuto Lucidique, che era stata vista scambiare poche parole con il Maestro delle Falci, in quella trasformazione?

III

Cascarellian non dormiva più sonni tranquilli. Era sopraffatto da incubi nei quali il Maestro delle Falci abbatteva le porte della sua casa, proprio come aveva fatto con quelle del Palazzo dell'Imperatore, uccidendo i suoi luogotenenti, così come le guardie reali, per arrivare infine ai piedi del letto, come era giunto al capezzale del sovrano, smembrandolo pezzo per pezzo.

Decise che il modo migliore per proteggersi da quella imprevedibile forza e da quel terribile destino fosse rappresentato da Lucidique. Inviò tre dei suoi figli a rapire la figlia del Senatore, ordinando loro di evitare il più possibile di farle del male. Anche se non lo avrebbe mai ammesso con nessuno, neanche con il suo sacerdote, temeva quella donna. Doveva essere trattata con più rispetto di quanto di solito venisse riservato alle altre.

Purtroppo per lui, i suoi figli non erano altrettanto intelligenti. Sebbene avessero ricevuto l'ordine di rispettare la prigioniera, colsero la prima opportunità per mettere alla prova la pazienza del padre. Lucidique fu provocata, trattata con violenza, umiliata. E sarebbe accaduto anche di peggio, se il vecchio Cascarellian non fosse rientrato a casa dal lavoro, interrompendo i tormenti che le stavano infliggendo.

Lucidique volle subito sapere perché era stata catturata e imprigionata. Se Cascarellian intendeva ucciderla, perché diavolo non la faceva finita? Era stufa marcia, gli disse furente. Di lui, dei suoi figli, della vita stessa. Aveva visto troppo sangue.

«Eri al Palazzo, non è così? La Notte della Grande

Insurrezione?» domandò lui.

«Sì. Ero lì».

«Hai qualcosa a che fare con la creatura che chiamano Maestro delle Falci?»

«Sono affari miei, Cascarellian».

«Potrei offrirti ai miei figli per mezz'ora. Riuscirebbero a estorcerti tutto!»

«I tuoi figli non mi fanno paura. E neanche tu».

«Non voglio metterti a disagio. Sei qui sotto la mia protezione. Sai cosa c'è là fuori, per le strade? Il pandemonio! La città sta crollando a pezzi!»

«E pensi che tenermi prigioniera mi salverà da ciò che sta venendo a prenderti?», gli chiese Lucidique.

Un lampo di terrore superstizioso passò sul volto dell'uomo. «Che vuoi dire, cos'è che starebbe venendo a prendermi?», chiese. «Forse riesci a prevedere il futuro?»

«No», rispose lei stancamente. «Non sono una veggente. Non so cosa ti succederà, e francamente non mi interessa. Se il mondo dovesse finire domani, non credo che otterresti un giudizio molto clemente, ma...», si strinse nelle spalle, «perché dovrebbe importarmene qualcosa? Non sarò lì a vederti cuocere all'inferno».

Cascarellian era diventato sempre più pallido e sudato, ascoltando le sue parole. Lei non aveva del tutto idea di ciò che stava provocando nel suo cuore, ma avendone sentore ne trasse un certo piacere. Quello era l'uomo che l'aveva resa orfana; perché non godere dei suoi superstiziosi timori?

«Pensi che sia uno stupido?», domandò lui.

«Ad avere paura come ne stai provando adesso? Sì. Lo trovo patetico».

«Non voglio il tuo disprezzo», disse lui con una strana sincerità. «Ho già abbastanza nemici».

«E allora non fartene uno in più», ribatté Lucidique. «Lasciami andare. Lasciami rivedere il cielo!»

«Ti porterò fuori, se è quello che vuoi».

«Lo farai?»

«Sì. Andremo ovunque tu desideri».

«Voglio andare nel deserto. Lontano dalla città».

«Davvero? E perché?»

«Te l'ho detto. Voglio rivedere il cielo...»

IV

Il giorno dopo, una carovana di tre auto attraversò le caotiche strade di Primordium, dirigendosi verso la Porta Ovest. Nella prima c'erano due degli uomini migliori di Cascarellian, leali guardie del corpo che l'avevano salvato nel corso di diversi attentati. In fondo, a chiudere la fila, c'erano i tre fratelli, che si domandavano ad alta voce (come era accaduto sempre più spesso, negli ultimi giorni), se il padre fosse stato colto da un'improvvisa pazzia. Perché stava accontentando quella donna, in ogni suo capriccio? Non capiva che lei aveva tutte le ragioni di odiarlo e tramare contro di lui?

Nell'auto al centro, guidata da Marius, da trent'anni fedele autista di Cascarellian, era seduto il criminale stesso, insieme a Lucidique.

«Soddisfatta?», le domandò una volta usciti dalla città, con il cielo in vista sopra di loro.

«Ancora un po' più avanti, per favore...», mormorò lei.

«Non credere di potermi ingannare, donna. Potrai essere più furba della maggior parte delle rappresentanti del tuo sesso, ma non riuscirai a fuggire, se è questo che pensi!»

Viaggiarono ancora per un po', in silenzio.

«Credo che siamo andati abbastanza lontano, adesso. E che tu abbia visto cielo a sufficienza!»

«Potrei scendere per fare due passi?»

«Ah, ora si chiama così, tentare di scappare?»

«Ti prego. Non potrebbe succedere nulla, non ti pare? Guarda... c'è soltanto uno spazio aperto, in ogni direzione».

Cascarellian considerò la sua richiesta per un attimo, poi fece fermare la carovana.

Una tempesta di sabbia si muoveva all'orizzonte, avvicinandosi lentamente alla strada.

«Sarà meglio che tu faccia in fretta!», le disse il criminale.

La donna osservò l'approssimarsi della muraglia di sabbia, poi si voltò a guardare gli uomini che stavano uscendo dalle auto; in particolare i figli di Cascarellian. I tre sorrisero sarcastici, ghignando verso di lei. Uno di loro si passò la lingua sulle labbra, con un ovvio riferimento osceno.

Fu la goccia che fece traboccare il vaso. Voltò loro le spalle e si incamminò verso la tempesta di sabbia.

Un coro di minacce si levò all'istante, alle sue spalle. «Non fare un altro passo!», esclamò uno dei fratelli. «Altrimenti ti sparo!»

Lei si girò a fissarlo, allargando le braccia. «E allora spara, avanti!», lo provocò.

Dopo qualche secondo, riprese a camminare.

«Torna qui, donna!», urlò il capo criminale. «Non c'è nulla, lì, se non la sabbia».

Il vento della tempesta stava sollevando i capelli di Lucidique, formando un'aureola scura intorno alla sua testa.

«Mi hai sentito?», la chiamò ancora Cascarellian.

Lei si girò a guardarlo.

«Vieni con me», gli disse.

Il vecchio prese un profondo tiro dal suo sigaro, e poi la seguì.

I suoi figli protestarono in coro: che stava facendo? Era forse impazzito?

Lui li ignorò. Si limitò a seguire i passi di Lucidique sulla sabbia.

Lei lo guardò di nuovo, notando l'espressione curiosa sul suo volto. In qualche strano modo, mentre il vento gli soffiava in faccia, era felice di quel momento, più di quanto non fosse da anni, e quella bellissima donna gli diceva di seguirlo...

Vedendolo obbedirle, tornò a fissare la tempesta di sabbia, che ormai era a meno di un centinaio di metri di distanza. Qualcosa si muoveva, al suo interno. Non ne fu sorpresa. Sebbene non avesse pianificato fin dall'inizio l'incontro che stava per avvenire, aveva sempre saputo, dentro di sé, che sarebbe accaduto, un giorno. La sua vita, da quando era entrata nella stanza in cui aveva visto suo padre morto, e Kreiger all'opera, era mutata in una sorta di strano sogno, che lei stava in qualche modo intessendo senza uno sforzo cosciente.

Continuò ad avanzare. Cascarellian la raggiunse e l'afferrò per un braccio. Aveva un coltello stretto nell'altra mano, e glielo premette contro il seno.

«Ecco, dunque, dov'è!», esclamò, fissando il gigante scuro emergere dal cuore della tempesta. «Il tuo Maestro delle Falci».

Mentre parlava, il turbine sembrò accelerare d'improvviso, muovendosi verso di loro...

«Non ti avvicinare oltre!», avvertì il criminale, rivolto alla creatura nella sabbia rutilante. «Altrimenti la uccido».

Premette il coltello contro la pelle della donna, quel tanto che bastava a far stillare poche gocce di sangue.

«Digli di tenersi a distanza», le intimò deciso.

«Non è Kreiger, quello. È un uomo di nome Agonistes. E ha l'impronta di Dio su di sé».

L'eresia di quelle parole fece rivoltare lo stomaco devoto di Cascarellian.

«Non parlare così!», esclamò, e in un improvviso rigurgito di rettitudine, le affondò la lama nel cuore. Lei allungò una mano a toccare la ferita, e poi, col dito insanguinato, gli sfiorò la fronte. Un marchio di morte.

L'uomo lasciò cadere il corpo di Lucidique sulla sabbia e ordinò alle auto una rapida ritirata, prima che la tempesta li raggiungesse. Quella sinistra faccenda non era conclusa con la morte della donna. Lui lo sapeva. Quello era solo l'inizio.

Trasformò la sua casa in una fortezza. Ordinò di sigillare le finestre e le fece benedire con l'acqua santa. Murò i camini. Fece sorvegliare il luogo da guardie e cani, notte e giorno.

Dopo una settimana, cominciò a credere che la sua fede e le offerte alla diocesi con cui aveva comprato le preghiere di intere congregazioni per la sua sicurezza, stessero avendo qualche effetto.

Cominciò a rilassarsi.

Poi, nel pomeriggio dell'ottavo giorno, un vento sabbioso cominciò a soffiare da ovest. Sibilò contro le porte e le finestre serrate. Gemette sotto le assi dei pavimenti. Il vecchio prese due tranquillanti, tracannò un bicchiere di vino e si sistemò in un bagno caldo.

Un piacevole torpore lo colse, mentre sedeva nell'acqua tiepida. Gli si chiusero gli occhi.

E fu allora che sentì la voce di Lucidique. In qualche modo, era riuscita a entrare. Era sopravvissuta al coltello che le aveva piantato nel cuore, e adesso era nella sua casa.

«Ma guardati», la sentì dire. «Nudo come un bambino».

Lui afferrò un telo per coprirsi, e nel mentre la vide uscire dalle ombre e mostrarglisi in tutta la sua terribile gloria. Non era più la donna che conosceva; neanche da lontano. Tutto il suo corpo era stato trasformato. Era diventata un'arma vivente.

«Oh, Gesù, aiutami...», mormorò lui.

Lei si allungò in avanti e lo castrò con un singolo movimento della sua falce. Cascarellian si portò le mani insanguinate all'inguine ormai vuoto e barcollò sul pianerottolo, chiamando aiuto. Ma la casa sembrava stretta dal silenzio, dal tetto alla cantina. Chiamò i suoi figli per nome, uno dopo l'altro. Non venne nessuno. Solo il suo vecchio cane Malleus rispose ai suoi richiami, ma quando trottò verso di lui, provenendo dalla cucina, lasciò una serie di impronte insanguinate sul tappeto bianco. Stava masticando qualcosa di umano.

«Sono tutti morti», gli fece sapere Lucidique.

Poi, con delicatezza, lo afferrò per la nuca, come una gatta afferra il suo piccolo che si è allontanato troppo, e lo sollevò senza il minimo sforzo. Il sangue della ferita all'inguine zampillò sul tappeto.

Gli posò la lama contro il petto e gli estrasse il cuore. Poi lasciò che il suo corpo rotolasse giù per le scale.

Più tardi, quando il vento si placò, e lei riuscì a vedere di nuovo le stelle, uscì in strada, lasciando la porta della casa di Cascarellian spalancata, in modo che le atrocità al suo interno venissero scoperte. Si diresse fuori dalla città, attraverso una serie di strade secondarie e vicoli, fino a raggiungere la Porta Ovest, e infine il deserto che l'aspettava.

LIBRO QUARTO
Il Chirurgo del Sacro Cuore

I

Una volta morti l'Imperatore e la sua famiglia per mano del Maestro delle Falci, e che il capo della criminalità di Primordium, Duraf Cascarellian, aveva subito la stessa sorte (insieme alla maggior parte dei suoi figli e delle sue guardie), grazie alla visita di ciò che era diventata Lucidique, una pace instabile calò sulla città. Gli scontri e le lotte esplosi dopo la Grande Insurrezione si placarono. Era come se nessuno volesse attirare l'attenzione su di sé; non con tante forze distruttive in giro per le strade.

La giunta militare che aveva assunto il potere durante la

crisi era guidata da un triumvirato di generali: Bogoto, Urbano e Montefalco. Non erano migliori né peggiori dei loro predecessori: erano saliti al vertice della gerarchia militare mostrando la massima propensione alla crudeltà e al controllo.

Ma, oltre all'istituzionale sadismo e alla maniacale capacità di violenza, due qualità da tempo nascoste nel cuore dei tre generali, essi ne possedevano anche altre, che si sarebbero vergognati di confessare: un amore malato (verso la propria madre, nel caso dei generali Bogoto e Urbano, e per le bambine di sei o sette anni, nel caso di Montefalco), e una incredibile superstizione.

Nessuno ne parlava, ma ciascuno di loro sapeva che gli altri erano profondamente terrorizzati dal sovrannaturale. E al momento, non esistevano città più tormentate da faccende diaboliche di Primordium. Le voci imperversavano, e raramente riguardavano argomenti razionali. Le storie che si raccontavano intorno ai falò degli accampamenti militari (e che, presto o tardi, raggiungevano le orecchie dei generali) parlavano di orrori innaturali: di cose che sfidavano la ragione. Storie di mostri nati dai lombi del Maestro delle Falci; di fantasmi vendicativi di bambini; di succubi i cui attributi sessuali venivano discussi in dettagli sinistri ed eccitanti nello stesso tempo.

Una notte, dopo aver bevuto molto, i tre uomini si

raccontarono le proprie paure.

«Io temo», dichiarò Urbano, «che questa maledetta città sia infestata».

Gli altri due annuirono cupamente.

«Cosa suggerite di fare?», domandò Bogoto.

Fu Montefalco a rispondere. «Be', tanto per cominciare... se avessi la bacchetta magica, ridurrei subito in cenere il quartiere degli immigrati clandestini. Sono loro a essere coinvolti nella maggior parte delle diavolerie che si stanno verificando».

«E la forza lavoro?», obiettò Bogoto. «Chi vuoterebbe le nostre latrine? Chi seppellirebbe i lebbrosi?»

Montefalco dovette ammettere che quell'obiezione era sensata. «Se non altro, potremmo concentrarci sugli elementi che sospettiamo possano avere dei rapporti con le forze demoniache».

«Giusto. Giusto», intervenne Urbano. «Vigilanza».

«E punizioni», continuò Montefalco. «Rapide misure draconiane...»

«Esecuzioni pubbliche».

«Sì!»

«Roghi?»

«No, troppo teatrali. Le fucilazioni sono più pulite e veloci. E non puzzano».

«Perché, questo ti infastidisce?», domandò Bogoto.

Montefalco rabbrividì. «Odio l'odore dei corpi che

bruciano», dichiarò.

II

Mentre i generali discutevano dei meriti relativi a questo o quel tipo di esecuzione, Lucidique stava dormendo – o almeno ci stava provando – nella casa che il padre aveva costruito molti anni prima per sua madre. Faceva sempre molta fatica a prendere sonno. C'erano sempre così tanti ricordi e rimpianti a rincorrerla.

Nella sua precedente, e più semplice, essenza umana, spesso quando non riusciva a dormire usciva a fare lunghe passeggiate. Adesso, ovviamente, non poteva farlo durante il giorno. La trasformazione fisica che Agonistes le aveva donato aveva reso il suo corpo forte, sodo e potente, ma anche capace di terrorizzare chiunque posasse gli occhi su di lei. Quando era fuori, anche nella notte più nera, faceva del suo meglio per rimanere nei vicoli più isolati di Primordium, dove nessuno poteva vederla.

Quella notte, dopo aver definitivamente rinunciato al sonno, andò a vagare per quelle vie, e si rese conto che qualcuno la stava seguendo.

Dopo un po', avvertì il ritmo di quei passi e capì chi era che le stava dietro. Si trattava di Zarles Kreiger, l'assassino diventato il Maestro delle Falci.

Si fermò e si voltò ad attenderlo.

Il Maestro delle Falci se ne stava lì, a poca distanza da lei. La sua carne aveva la stessa malata luminescenza di quella di Lucidique; un fioco lucore batterico, il segno dell'opera di Agonistes. Più erano aperte le ferite (parti dei loro corpi trasformati non sarebbero guarite mai), più ardevano di quella strana luce.

«Pensavo che avessi lasciato la città», esordì lei.

«Sì, l'ho fatto. Per un po'. Sono andato nel deserto. Ho meditato sul mio nuovo stato».

«E hai imparato qualcosa, dalle tue meditazioni?»

Kreiger scosse la testa.

«E così sei tornato?»

«E così sono tornato».

III

Qualche giorno dopo che i tre generali avevano condiviso le loro paure riguardo alla presenza di poteri diabolici a Primordium, Montefalco li riunì di nuovo per condividere un viaggio notturno.

«Dove stiamo andando?»

«C'è un uomo che si fa chiamare Dottor TALISAC, e che sta conducendo degli esperimenti per me, ormai da diversi anni».

«Che tipo di esperimenti?», volle sapere Urbano.

«Speravo di ottenere un soldato perfetto. Una macchina da

guerra che non provasse paura».

«E ci è riuscito?»

«No. Non ancora. Né nutro grandi speranze che ci riesca adesso. È dipendente da molti dei suoi farmaci e... be', lo vedrete da voi. Ma uno dei suoi esperimenti falliti adesso potrebbe tornarci utile».

«Un fallimento utile?», ripeté Bogoto, in qualche modo divertito dal paradosso.

«Abbiamo bisogno di una creatura che scacci gli elementi diabolici da Primordium. E io credo che costui disponga di ciò che fa per noi».

«Ah...», commentò Urbano.

«Dunque, verrete a vedere questa creatura con me?»

«Dove si trova?»

«L'ho fatta nascondere in quello che un tempo era l'Ospizio del Sacro Cuore, a Dreyfus Hill».

«Pensavo che quel luogo fosse abbandonato».

«È quella l'impressione che volevo offrisse al mondo intero. Se qualcuno si avventura lì dentro, lo faccio uccidere e gettare nel canale».

«Ed è questa la sorte toccata alle suore?»

Montefalco sorrise. «No, niente di così umano, temo», rispose. «I soldati sanno essere brutali, se lasciati a se stessi».

L'argomento non fu ulteriormente esplorato, e i tre si diressero verso Dreyfus Hill.

IV

Zarles Kreiger si stiracchiò, nudo, nel letto di Lucidique. Lei lo osservò con ammirazione: guardò la pletora di cicatrici che sfoggiava e l'intricato modo in cui la sua carne era stata connessa alle creazioni di Agonistes. L'argento si legava alle ossa e ai nervi; e così anche l'oro e il bronzo.

Lei gli salì a cavalcioni. Archi di elettricità schioccarono tra loro: da capezzolo a capezzolo, da occhio a occhio.

Che momenti erano quelli, pensò lei. Eccola lì, a unirsi all'uomo che aveva ucciso suo padre. In un certo senso, c'era qualcosa di ancora più proibito, nella loro intimità. Erano in qualche modo figli dello stesso padre, di Agonistes.

«Mi domando se lo approverebbe», commentò Lucidique.

«Agonistes, intendi?»

«Sì».

Kreiger non rispose.

«L'hai visto, nel deserto?»

«Sì».

«Ed è stato lui a rimandarti qui?»

«Sì».

«Per cercarmi?»

«Per stare con te. Ha detto che eri l'unica cosa che mi avrebbe reso felice».

V

L'Ospizio del Sacro Cuore era un edificio enorme, con i piani superiori avvolti nell'oscurità. Ma i generali non dovettero attendere a lungo una guida. Dopo pochi minuti una nana, che si presentò con il nome di Camille, giunse a prenderli con delle candele. Scortò il trio in uniforme attraverso i chiostri riecheggianti (ormai pieni di cumuli di sporcizia) e giù lungo rampe di ripide scale, fino al laboratorio del Dottor Talisac.

Lo spazio in cui lavorava era stato scavato nella terra per garantire un luogo adeguato, per dimensioni, alle sue sperimentazioni, preservandone comunque la segretezza. Al posto delle piastrelle, adesso c'era terra battuta, attaccata sotto agli stivali dei generali, e le pareti erano anch'esse di terra compatta. Il luogo aveva l'odore della terra fredda, e questo serviva a completare lo scenario. Perché, se il fetore era quello di una tomba, anche molte delle cose che vedevano davanti a loro avevano lo stesso lugubre lezzo. I morti erano la materia grezza di Talisac, giacevano ovunque, in vari stati di amputazione. Era un consumatore poco economo; in molti casi, ai cadaveri mancava un solo arto, oppure una porzione di esso; un occhio, in un caso, le labbra in un altro.

«Allora, lui dov'è?», volle sapere Urbano.

Camille indicò oltre un tappeto di corpi, fino a un angolo buio dell'immensa stanza, dove Talisac li stava aspettando.

Agli occhi sorpresi dei generali, apparve come una delle sue stesse vittime; un terribile, assurdo esperimento estremo a cui una carcassa umana era stata sottoposta.

Era appeso per la bocca a un'apparecchiatura, il cui scopo andava oltre la comprensione dei generali, col palato agganciato come se fosse un pesce. Nella sua perversione, o nella sua genialità, o entrambe le cose, aveva creato una sorta di utero esterno per sé. Una sacca semitrasparente pendeva dalla parte bassa del suo addome, in mezzo alle gambe da ragno. C'era qualcosa di vivo, all'interno.

«Un Mongroide», sussurrò Camille.

Montefalco distolse lo sguardo dall'orribile vista dell'utero e del suo contenuto fremente, e si rivolse al proprietario.

«Talisac?», esordì. «Abbiamo bisogno di te».

L'uomo volse gli occhi tremanti verso Montefalco. Quando parlò, la bocca mutilata non gli consentì di farsi comprendere. Servì Camille per interpretarlo.

«Ha detto: *Che cosa? Cosa volete da me?*»

«Abbiamo bisogno di un mostro che terrorizzi perfino il Diavolo», rispose lui «Una bestia tra le bestie. Qualcosa che elimini i demoni della città perché ancora più mostruoso di loro».

Talisac emise uno strano suono, che si sarebbe potuto interpretare come una risata; si scosse tutto, appeso ai suoi uncini. La creatura nell'utero artificiale rispose sussultando ai movimenti del genitore.

«Come diavolo ha fatto a creare quella cosa?», sussurrò Bogoto nascondendo la bocca dietro la mano, rivolgendosi a Urbano.

«Non bisbigliate», scattò Camille. «È una cosa che odia».

«Si stava domandando come avesse fatto lo scienziato a causare quella gravidanza», spiegò Urbano.

Questa volta, Talisac si sforzò di usare le labbra per rispondere da solo, senza intermediari. Articolò una singola parola:

«Scienza», disse.

«Davvero?», borbottò il generale, abbastanza rassicurato da oltrepassare un gruppo di corpi mutilati per andare a esaminare lo scienziato più da vicino. «Ebbene, sono lieto di sentirlo. Mi sarei sentito turbato, se si fosse rivelata qualche indecenza sessuale, invece».

Talisac rise di nuovo, sebbene nessuno dei generali fosse dell'umore giusto per vedere qualcosa di divertente in quella situazione. Quello strano sghignazzare si placò, e lui parlò ancora una volta. I servigi di traduzione di Camille furono di nuovo necessari.

«Ha un golem che ritiene adatto ai vostri scopi», disse la nana. «Vi chiede solo una cosa, in cambio...»

«Cosa?», domandò Montefalco.

«Che non facciate del male a nessuno dei suoi figli».

«Vorrebbe intendere quello?», riprese Montefalco, accennando al ventre rigonfio e fremente.

«Es», disse Talisac. «È mio fio».

«Cosa dice?», chiese Urbano a Camille.

«Ha detto che quello è suo figlio», replicò lei.

Montefalco si strinse nelle spalle.

«Non verrà fatto alcun male a questo Mongroide, se avremo un mostro tutto per noi», disse poi. «Lo garantisco personalmente».

«Bene», ribatté la donna. Poi, mentre Talisac sembrava rimasto in silenzio, soggiunse: «Preferirebbe che non tornaste più qui tutti insieme. Vuole solo il generale Montefalco».

«Non ho problemi in merito», rispose Bogoto, accennando all'orrore davanti a sé mentre si ritraeva. «Se ci darà il nostro mostro, potrà partorire mille marmocchi, per quello che mi riguarda. Basta che li teniate lontani da me, dannazione».

VI

Lucidique era distesa sul letto macchiato di sangue e sudore, accanto al suo amante, e osservava la luna dalla finestra.

«Non potrà durare a lungo, lo sai, questa cosa tra noi».

«Perché?»

«Due come noi che trovano la felicità insieme?», commentò lei. «È contro natura. Tu hai ucciso mio padre. E io dovrei odiarti».

«E tu mi hai fatto subire l'inferno per mano di Agonistes.

Anch'io dovrei detestarti».

«Che assurda coppia siamo».

«Forse dovremmo tornare nel deserto», riprese Kreiger. «Lì saremmo più al sicuro».

Lucidique scoppiò a ridere. «Ma lo senti, quello che dici? Al sicuro! Dovrebbe essere il mondo ad aver paura di noi, non il contrario».

«Io voglio solo poter mantenere dentro di me questa... emozione, la speranza che sto provando».

Lei si allungò sul letto e passò la sua lama lungo il braccio di Kreiger. «Non possiamo lasciare Primordium», mormorò.

«Perché? Prima o poi prenderà fuoco e ne sarà consumata. Lascia che bruci».

«Ma, amore mio, siamo stati noi ad appiccare l'incendio. Io e te. Dovremmo rimanere e ammirarlo sino alla fine».

Lui annuì. «Se è questo che vuoi».

«È così che devono finire le cose».

«Finire? Perché dici così?»

«Taci, amor mio. Sarà meglio così, vedrai». Si piegò in avanti e lo baciò. «Fallo per me».

«Mi sembra un motivo accettabile», commentò Kreiger.

«Allora resterai?»

«Resterò».

Libro QUINTO
Il Mostro di Primordium

I

Dopo aver stretto l'accordo con Talisac per ottenere una creatura per i loro scopi, i tre generali, Bogoto, Urbano e Montefalco, tornarono al quartier generale dell'esercito e rimasero in attesa. Bogoto era il più ansioso dei tre. Aveva vissuto un buon numero di battaglie; aveva visto corpi esplosi, e conosceva l'odore dei capelli e delle ossa bruciati nell'aria: ma le follie del laboratorio di Talisac l'avevano lasciato sgomento e nervoso.

Decise di fare come era solito quando la sua vita diventava complicata: attraversò la città di notte per cercare il conforto di una donna di nome Greta Sabatier, una cartomante. Si sarebbe senza dubbio vergognato, se avesse anche solo pensato che gli altri generali ne fossero a conoscenza, ma i consigli della Sabatier avevano guidato gran parte delle sue scelte, nel corso degli anni: chi aveva favorito tra i suoi subordinati e chi aveva degradato; e talvolta perfino le decisioni prese durante alcune delle sue campagne militari. E, man mano che gli eventi a Primordium si erano fatti sempre più terrificanti, Bogoto aveva cominciato ad affidarsi sempre di più alla saggezza della sua indovina. Le carte che leggeva, secondo lui, mostravano indizi fondamentali sul suo destino. In un mondo in cui la follia ormai era sempre nell'aria, e non ci si poteva fidare di niente e di nessuno, sembrava paradossalmente sensato cercare lumi da una donna che leggeva il futuro in un mazzo di sudicie carte.

«Hai incontrato una persona potente», gli disse Greta quella notte, indicando una delle carte che aveva appena girato. «Ma non riesco a capire se sia un uomo... o una donna».

Bogoto ricordò Talisac appeso ai suoi uncini, con quell'orribile ventre artificiale che gli pendeva tra le gambe.

La Sabatier lo stava osservando.

«Conosci la persona di cui sto parlando?»

Bogoto annuì.

«Ebbene, allora non hai bisogno di avvertimenti da parte mia. Lui, o lei... di cosa si tratta?»

«Di un uomo».

«Ebbene, lui ha amici... alleati... è difficile capire esattamente chi o cosa siano... le carte sono molto ambigue, in merito. Ma da queste cose verrà del male».

«Un male per me?»

«Per il mondo intero».

«Oh».

«Questo ti importa meno, vero?»

«Certo. Credi che dovrei lasciare la città?»

«Be'... sei un militare. Non è la prima volta che vedo la morte nelle tue carte, generale».

Era la prima volta che Greta parlava della sua professione, di chi lui era davvero. Se l'avesse saputo dalle carte, o dalle iscrizioni in città in cui veniva costantemente elogiato, era impossibile dirlo

«Ma non credo di averla mai vista così vicino a te», continuò, osservando i Tarocchi.

«Capisco».

«Quindi, sì, credo che dovresti considerare l'idea di andartene. Almeno finché questo periodo di tumulti non si sarà astrologicamente placato».

«Quindi non sono solo le carte a dirlo, ma anche le stelle?»

«Sono il riflesso le une delle altre: carte, stelle, mani. È sempre la stessa storia, ovunque si guardi».

Lei mischiò il mazzo, mentre parlava, e posò una carta sul tavolo davanti al generale Bogoto. Era la Torre, rappresentata in un modo semplificato, perfino rozzo, colpita da un fulmine.

La metà superiore era esplosa e faceva piovere detriti e corpi verso il basso; quella inferiore era spezzata e sul punto di crollare.

«Questa è Primordium?», domandò Bogoto.

«Questo è il futuro della città», replicò l'indovina, annuendo. «O, almeno, uno dei futuri possibili».

«Quindi anche tu te ne andrai?», incalzò l'uomo, pensando di metterla in difficoltà. Greta era vecchia quanto il tavolo antico su cui leggeva le carte, e le sue gambe erano ancora meno affidabili. Non avrebbe mai potuto lasciare Primordium; o almeno così pensava lui.

«Sì, me ne andrò. Questa sarà l'ultima volta in cui mi vedrai, generale, a meno che tu non venga a Calyx».

«Ti trasferirai a Calyx?»

«Domani. Prima che le cose peggiorino ulteriormente».

II

La casa di Diamanda Street, un tempo appartenuta al Senatore ucciso, si era guadagnata una certa reputazione, negli ultimi tempi.

Si diceva che vi abitassero degli amanti; più di una coppia. Di notte e di giorno, i passanti udivano sempre rumori di gente che faceva l'amore: sospiri, singhiozzi, richieste irresistibili.

Le case nei dintorni erano tutte virtualmente abbandonate,

poiché i loro abitanti avevano lasciato Primordium per trasferirsi in città più sicure; o, ancora meglio, erano fuggiti in campagna. La vita, in una fattoria ad allevare maiali, poteva risultare noiosa, ma almeno era possibile che durasse più a lungo. Tuttavia, di recente la gente si recava a Diamanda Street anche solo per sentire i suoni di piacere che provenivano dalla casa illuminata dalle lampade. Anzi, non solo per ascoltarli. Una strana sensazione, intorno a quel luogo, strisciava sotto la pelle di chi vi si avvicinava. L'energia emanata dalle finestre aperte bastava a far radunare le lucciole a decine di migliaia, ogni sera, e a far descrivere loro elaborati arabeschi nell'aria, alla ricerca dei rispettivi compagni. L'atmosfera era così fitta della loro passione e la loro luce così insistente che la casa sembrava decorata dai loro voli e dai riflessi luminosi che sembravano indugiare ancora a lungo, dopo che il loro scopo era stato raggiunto, e gli insetti giacevano esausti e spenti nell'erba alta.

A volte chi veniva a spiare, attendendo nelle ombre delle case vicine, sperando di vedere qualcosa dei misteriosi amanti, veniva accontentato. Come la strana intensità dei rumori di quegli amanti suggeriva, non erano creature naturali. Sembravano degli ibridi; per un terzo umani, per un terzo metallici, e per l'ultima parte fatti di carne e macchinari atti a lacerarla, tagliarla, scavarla. Sanguinavano, mentre si sollevavano nel loro talamo nuziale; ma sorridevano, baciandosi a vicenda le ferite come se non avessero alcuna importanza, come se quei brandelli e quelle lacerazioni fossero soltanto simboli di devozione.

Quella storia si diffuse in fretta. Non ci volle molto prima che il generale Montefalco venisse a sapere della casa di Diamanda Street, e della reputazione che si era guadagnata. Andò lui stesso a controllare, una notte. Lo spettacolo era nel pieno del suo svolgimento: l'aria era piena di luci danzanti, le abitazioni gemevano e si scuotevano. Poi, urla di terribile gioia vennero dall'interno illuminato dal fuoco, e le ombre sulle tende si mossero da una stanza all'altra, come se l'impeto della passione dei due amanti le conducesse per tutta la casa.

Montefalco non aveva mai visto né provato nulla di simile. Un'ondata di fredda superstizione lo attraversò, annodandogli le viscere e facendogli rizzare i capelli, lunghi appena mezzo centimetro dall'attaccatura alla nuca.

Fece per ritrarsi dalla casa, sentendosi i palmi bagnati di sudore. Nel farlo, sentì una voce alle sue spalle. Si girò. Era Urbano. Sembrava che avesse appena scoperto qualcosa di terribile sul proprio conto, o sul conto di Dio, o forse su entrambi.

«Dobbiamo ucciderli», disse Montefalco, con estrema calma.

L'altro cominciò ad annuire, ma quel movimento fu troppo, per il suo corpo turbato. Vomitò un getto giallastro che schizzò i suoi stivali lucidi. Prese un fazzoletto e si pulì la bocca; poi rispose:

«Sì».

«Già. Dobbiamo ucciderli».

Più tardi, quella notte, Montefalco tornò da Talisac. Ci andò da solo, e fu una mossa saggia. Né Urbano, né Bogoto avrebbero avuto il fegato di affrontare ciò che lo attendeva lì.

Il luogo era molto peggiorato, nelle quarantotto ore trascorse dall'ultima volta in cui ci era stato; i cadaveri erano ancora sparsi ovunque, ma in una nuova condizione. Sembrava che tutta l'umidità e l'energia che ancora trattenevano fossero state risucchiate via, lasciandoli svuotati e rinsecchiti. Le orbite erano vuote, le labbra ritratte a scoprire i denti, donando loro l'aspetto di scimmie cieche e urlanti.

La carne sul torso era sparita, lasciando visibili le ossa sotto la pelle; e così anche sulle braccia e sulle gambe. La pelle stessa non era ormai altro che un sottile strato di tessuto secco, a ricoprire la struttura ossea dei cadaveri. Quando la nana Camille venne ad accogliere Montefalco, calciò via un paio di quei corpi, facendoli rotolare come manichini di cartapesta.

«Dunque, lo ha creato?», le domandò l'uomo.

«Oh, sì», rispose Camille, con un sorriso scintillante, «e credo che ne sarete molto soddisfatti».

Una voce emerse dalle ombre, pronunciando parole che Montefalco non riuscì a comprendere.

«Mi sta chiedendo di rivelarlo», disse la donna.

Il generale osservò la stanza dalle pareti di terra, cercando di capire di cosa stesse parlando la nana; e lì, in fondo alla sala, infine vide una figura monumentale, coperta da un telo stracciato che doveva essere stato portato giù dal piano di sopra.

«Quello?», domandò, senza attendere conferme per avvicinarsi. Mentre avanzava in mezzo ai cadaveri, li sentì scricchiolare sotto gli stivali e scoppiettare polvere e frammenti. Ben presto, la stanza fu colma di pezzi roteanti di pallida materia umana.

Montefalco afferrò il telo. Nel farlo, sentì Camille pronunciare il nome della creatura: «VENAL ANATOMICA».

Il generale strappò via il drappo e la rivelò.

Come si poteva percepire dalla stazza nascosta sotto alla copertura, il mostro era di dimensioni epiche, forse alto più di tre metri. Aveva il volto della morte, e portava con sé diverse armi medievali. Aveva chiodi brutalmente piantati nelle spalle e nelle gambe. Il sangue vi si era coagulato intorno, ma quando Anatomica si muoveva (come aveva preso a fare in quel momento), ricominciava a scorrere fuori dalle ferite, e giù lungo il corpo.

«Mi riconosce?», domandò il generale.

«Sì», rispose Camille. «È programmato per obbedire ai tuoi ordini». Talisac parlò, e la nana tradusse: «Dice che non ha alcuna lealtà verso il suo creatore, ma solo verso di te, generale Montefalco».

«Molto bene».

L'uomo fece cenno alla creatura di avvicinarsi.

«Vieni, dunque».

Quella mosse un esitante passo avanti. Poi un altro.

«Posso venire con te?», chiese Camille.

Lui osservò la sua nudità. «Solo se ti vesti», dichiarò seccamente.

Lei sorrise, e andò a recuperare una pulciosa coperta di pelliccia.

Uscirono insieme nella notte, tutti e tre. Il generale, la nana e Venal Anatomica.

L'alba non era lontana. Né la fine di certe cose. Sebbene Greta Sabatier fosse stata uccisa dai banditi sulla strada per Calyx – una fine che non aveva letto nelle sue carte – su molte altre cose non si era sbagliata. Un'epoca stava per concludersi: l'Era degli Amanti.

LIBRO SESTO
La Seconda Venuta

I

Talisac attendeva in solitudine nel suo bunker di terra e cadaveri, mentre il suo corpo, una forma senza precedenti, fremeva, sussultava e si contorceva.

C'era un infante, dentro di lui; il MONGROIDE, il bambino della Seconda Venuta. O così lui era giunto a credere, dopo gli anni trascorsi a condurre esperimenti sugli altri e su se stesso. Era stato quando era riuscito a creare un homunuculus con la carne del suo stesso DNA, a tutti gli effetti suo figlio, che aveva iniziato a credere che ci fosse qualcosa di sacro nell'imminente nascita. Sarebbe stata un'altra Nascita Vergine.

Entro poche ore, ormai, il bambino sarebbe stato tra le sue braccia.

Non c'era nessuno con cui condividere il trionfo di ciò che aveva ottenuto, ma non aveva importanza. Era stato solo per tutta la vita, perfino in compagnia degli altri esseri umani. Solo con la sua ambizione, con i suoi fallimenti, con gli strani sogni che lo assalivano nel mezzo della notte; sogni di suo figlio, che gli parlava e gli diceva che il mondo stava per finire, ma neanche questo avrebbe avuto alcuna importanza, perché loro sarebbero stati insieme, Uomo e Bambino, sino alla Fine del Tempo.

Sentiva che il piccolo stava lottando per uscire, adesso. Riusciva ad avvertire la sua voce acuta, mentre cercava di liberarsi.

Il dolore era atroce; un orrendo allucinogeno. Singhiozzò e urlò; il convento non aveva mai ascoltato tante imprecazioni come in quel momento.

Infine il ventre si aprì, mentre il Sacro Infante lo lacerava con le minuscole mani e le piccole unghie, e in un fiotto di fluidi insanguinati, finì sul pavimento, in mezzo ai cadaveri.

II

«Kreiger?»

Lucidique andò alla finestra e lo chiamò. Zarles Kreiger, il Maestro delle Falci, che di recente era diventato il suo amante, era uscito nel giardino che circondava la casa del padre di lei per portarle dei fiori. La camera da letto aveva l'odore pungente dell'olio emanato dai loro corpi violentemente trasfigurati. Era un fetore amaro e spiacevole; non quello salato del sesso naturale.

Ma il giardino era pieno di fiori dal dolce profumo che avrebbe nascosto quel lezzo; e alcune delle fragranze più strane provenivano dalle corolle che si schiudevano dopo il tramonto. Ormai erano quasi le due del mattino, e il profumo che si sollevava nel buio era inebriante, intenso al punto da far girare la testa.

Lucidique chiamò di nuovo Kreiger. Poi le sembrò di scorgerlo, come una presenza oscura che si muoveva tra i cespugli.

Ma se era lui, perché non rispondeva al suo richiamo? Forse non lo era.

Restando in silenzio, scese con cautela le scale e si avventurò fuori.

Quella sera, la brezza era gentile e mite: faceva fremere rami e cespugli. Il giardino era grande, e la sua pianta complessa, ma lei ci aveva giocato fin da bambina. Avrebbe saputo trovare la strada lungo i suoi stretti e labirintici sentieri, e i suoi luoghi segreti, anche a occhi chiusi.

Si recò subito nel luogo dove le sembrava di aver visto l'uomo, dall'alto della finestra della camera da letto. Nonostante il profumo dolce del caprifoglio e del gelsomino che fioriva di notte, le sue narici avvertirono un altro odore, quello di una creatura nelle vicinanze. C'era nell'aria un sentore sgradevole, non era quello amaro del suo corpo, né quello di Kreiger. Era diverso. Le faceva pensare alla malattia, alla decomposizione, alla morte.

Restò immobile dov'era. Qualcosa si mosse tra i cespugli, là vicino. Poi vide la sua forma, stagliata contro il cielo senza stelle: una testa grossa e deforme, spalle corazzate, il petto di un toro. Qualunque cosa fosse, zoppicava quando si muoveva, trascinando la gamba sinistra. Più si avvicinava, più il fetore di decomposizione si faceva forte. La fonte di quell'odore era l'intruso; non c'erano dubbi.

Poi, nell'oscurità, udì la voce del suo amante:

«Lucidique! Va' via di lì! Subito!»

C'era qualcosa di spezzato, nel suo tono.

«Cosa ti è successo?», domandò lei, temendo la risposta.

Sentendola parlare, l'intruso guardò nella sua direzione. Un cappuccio di carne scivolò orrendamente via dalla parte superiore del volto, rivelando i lineamenti scheletrici. Era, come loro, un mostro. Eppure, non era opera di Agonistes, se non altro. Non era il prodotto dello sconosciuto architetto dell'Eden.

L'intruso era il figlio di un ossario, se mai ce ne fosse stato uno. Era fatto di pezzi di carne putrefatta, nervi e ossa inchiodati insieme, cui era stato dato un fetido alito di vita.

Lucidique arretrò, mentre la creatura avanzava verso di lei.

Sapeva uccidere e difendersi, questo era sicuro. Ma il mostro la spaventava comunque. Emanava una potenza tale che temette di non poter reagire al dolore che le avrebbe inflitto.

«Corri!», sentì urlare Kreiger.

Guardò per un attimo verso di lui, e alla luce della finestra della camera da letto infine lo vide, a terra, sanguinante.

«Cristo!»

Cercò di raggiungerlo, ma l'intruso si spostò per intercettarla, con le enormi mani ansiose di lacerarle la gola.

Lucidique decise che non sarebbe fuggita dal giardino; non con il suo amante riverso nella polvere e sanguinante da un centinaio di ferite. Si girò e condusse lo zoppo assassino lontano da lui, muovendosi rapida nel buio, usando le sue conoscenze del luogo per seminarlo.

Eppure lo sentì seguirla ancora da vicino, gettandosi di peso contro il groviglio di cespugli spinosi, emettendo un suono gutturale, simile a quello di un immenso meccanismo che imitava in modo imperfetto il verso di un animale tormentato; un toro, forse, sotto il martello del macellaio. Era orribile da sentire.

Lucidique era giunta nel luogo in cui sperava di battere in astuzia l'inseguitore: un albero su cui si era arrampicata mille volte da piccola, e che scalò di nuovo, così velocemente che, quando l'intruso arrivò lì davanti, lei era già nascosta tra le sue lussureggianti fronde.

Ora, pensò, se la bestia si fosse avventurata sotto l'albero, forse sarebbe riuscita a ucciderla, gettandosi giù dai rami e sgozzandola. Anche se era fatta di pezzi di cadaveri, respirava comunque, e se lei fosse riuscita a squarciarle la gola da un orecchio all'altro, sarebbe morta come qualsiasi altro essere vivente.

Ma, arrivata a circa due metri dall'albero, la creatura si fermò e annusò l'aria, guardandosi intorno con cautela. Aveva capito che c'era una trappola nelle vicinanze? Lucidique non credeva che il mostro fosse dotato di un'intelligenza tale da poterlo rendere così sospettoso. Eppure si era fermato, giusto? E ora si stava allontanando da lei, zoppicando nell'oscurità e mugolando quasi impercettibilmente.

Scostò con cautela le foglie, per cercare di capire cosa stesse facendo. Udì un rumore provenire dalla stessa direzione da cui era venuta, e poi un gemito di Kreiger.

Oh, Dio, no, pensò lei. Non lasciare che il mostro sia così sveglio da usarlo come un'esca...

I suoi timori si rivelarono fondati un attimo più tardi, quando il mostro tornò indietro tra i cespugli spinosi, trascinandosi dietro un peso. Era Kreiger, ovviamente. Il suo amante, ormai ridotto a poco più di un sacco trasportato dallo sconosciuto avversario, era stato il terrore di tutti, fino a poco tempo prima. Come assassino, aveva terrorizzato Primordium dalle baraccopoli ai castelli. E poi, dopo la trasformazione di Agonistes, divenuto il Maestro delle Falci, aveva spazzato via l'intera dinastia regnante della città in una sola, sanguinosa notte.

Ma ora, come era ridotto! La faccia era lacerata, come se il mostro gli avesse ficcato le dita nella bocca (quella stessa bocca che Lucidique aveva baciato un'ora prima) e l'avesse strappata come una busta di carta. Il resto del corpo era stato trattato con altrettanta crudeltà; la carne lacerata dalle cuciture, lo sterno esposto come le costole e il femore lungo la coscia. L'emorragia era senz'altro traumatica, era un miracolo che Kreiger fosse ancora vivo. Ma era chiaro che, sorpreso nel giardino mentre stava cogliendo i fiori, aveva combattuto finché ne aveva avuto la forza, e poi il suo avversario aveva semplicemente atteso che si dissanguasse lentamente, sapendo che l'altra vittima designata sarebbe giunta, a tempo debito.

E infatti, così era andata, e lei era arrivata. Senza dubbio, la creatura si era aspettata di eliminarla in un attimo; adesso invece era obbligata a stanarla dal suo nascondiglio con l'ostaggio sanguinante. Afferrò Kreiger per il collo e lo sollevò con una sola mano, spingendo il suo viso spaccato contro l'albero. La testa dondolò da un lato e rovesciò gli occhi indietro. Era così vicino alla morte che non faceva più differenza.

Poi il suo assassino alzò l'altra mano e fece cenno alla donna sull'albero, facendogli dondolare la testa avanti e indietro come quella di una bambola. Per Lucidique fu straziante vedere il suo amante, un uomo che da solo aveva abbattuto una dinastia, mosso come il pupazzo di un ventriloquo. Sebbene sapesse che la bestia lì sotto aveva la capacità di ucciderla, non poteva stare a guardare mentre lo usava come un burattino nei suoi ultimi istanti di vita.

Saltò giù dall'albero con un grido di rabbia, e prima che il mostro potesse tirare giù il cappuccio di carne, lei gli aveva già cavato entrambi gli occhi con la sua arma, accecandolo.

Quello lasciò cadere Kreiger, lanciando un ruggito di panico, che assaporò. Lucidique si abbassò al di sotto delle immense braccia roteanti e corse da lui.

Era morto.

Tornò a guardare l'assassino, piombato improvvisamente in uno stato di terrore infantile. Il suo ruggito era mutato in una serie di ululati pronti a trasformarsi a loro volta in singhiozzi.

Avrebbe potuto ferirlo di nuovo senza grandi sforzi e forse, dopo una dozzina di ferite, avrebbe anche potuto ucciderlo. Ma non aveva tempo da perdere con quell'essere accecato. Doveva portare Kreiger in un luogo in cui potesse contare su qualche speranza di farlo resuscitare.

Nel deserto. Da Agonistes.

Sollevò il corpo del suo amante sulle spalle (era più leggero di quanto non si aspettasse; e quella consapevolezza le fece paura, perché era come se il peso della vita fosse svanito da lui, e non potesse più essergli restituito, neanche con un miracolo). Non avrebbe permesso a quel pessimismo di indugiarle nella mente, comunque. Lasciando l'intruso cieco a urlare tra le rose, tornò nel cortile della casa. Posò con delicatezza il corpo sul retro della macchina, e poi si diresse fuori dalla città, alla ricerca di una tempesta di sabbia.

III

Talisac guardò la creatura che aveva espulso dal corpo: il suo Mongroide. Aveva visto cose più belle, ma anche più brutte. Era più autonoma di qualsiasi essere, nato da appena cinque minuti, che avesse mai visto; camminava a quattro zampe, come un granchio, e già faceva qualche rudimentale tentativo di esprimersi.

La chiamò a sé, come avrebbe fatto con un cane, ma non gli obbedì. Era troppo interessata ai cadaveri sparsi per la stanza, troppo occupata a esaminarli con il capo girato, ad annusare quelli più puzzolenti. La sua testa sembrava del tutto formata, per quello che Talisac riusciva a vedere. E gli sembrava anche che gli somigliasse.

Aveva rinunciato ad attirare la sua attenzione, ma ora, paradossalmente, i suoi occhi lo cercarono, e con quelle movenze incerte e laterali, gli si avvicinò osservandolo guardarsi intorno nell'ossario, come se i suoi processi cognitivi fossero già perfetti. Stava facendo la prima distinzione della sua giovane vita: quella tra i vivi e i morti.

«Giusto...», disse Talisac, tentando di usare un tono incoraggiante, «quelli sono morti. Non ti servono a niente.

Sono io quello che può aiutarti. Io sono tuo padre».

Non aveva idea di quanto il Mongroide riuscisse a capire delle sue parole. Molto poco, immaginò. Ma dovevano pur cominciare da qualche parte. Sarebbe stato un compito lungo e faticoso, quello di crescere la creatura. Aveva sperato di dare vita a qualcosa di più notevole, da mostrare a Montefalco così da ottenere i fondi per più ambiziose ricerche.

Ora, avrebbe dovuto convincere il generale a condividere il suo punto di vista. L'omuncolo a forma di granchio prodotto dalla sua sacca di sperma e acqua di mare era ben lontana dal bambino perfetto e malvagio che aveva sperato di far nascere: un inno alla gloria del testosterone.

Ma non aveva importanza: ce ne sarebbero stati altri. Con il passare del tempo, avrebbe sottomesso quel primo Mongroide, e allora lo avrebbe vivisezionato per capire dove aveva sbagliato. A quel punto, avrebbe provato di nuovo.

La creatura si era fermata a pochi metri da lui a studiare il sacco in cui era rimasta rinchiusa per diciassette settimane. Stillava ancora sangue sul pavimento di terra battuta. Vi si avvicinò e infilò la lingua nel fluido, assaggiandolo.

«No», ordinò Talisac, vagamente disgustato da quel gesto. «Non farlo».

Non voleva che sviluppasse qualche insano appetito; per il sangue, per la carne, o per qualsiasi altro fluido scorresse via da lui mentre era appeso lì. Era troppo vulnerabile, in quello stato.

«Cattivo», disse, in tono di disgusto. «Cattivo».

Ma la creatura non aveva intenzione di farsi proibire qualcosa. Era fatta di istinto, e quello le diceva che lì c'era da mangiare. Dalla pozza di sangue, risalì verso la sua fonte, la sacca di carne che era stata il grembo improvvisato in cui era cresciuta.

A Talisac non piaceva affatto lo sguardo del Mongroide, né il modo in cui il suo ventre si stava distendendo, come se la fame stesse risvegliando un cambiamento nella sua anatomia.

Cominciò a tirare i brandelli di carne che pendevano dalla sacca, mentre la pelle della sua pancia continuava a gonfiarsi oscenamente.

«Camille!», urlò Talisac, dimenticando, in quel momento di terrore, che la nana se n'era andata con il generale Montefalco. Era solo.

E adesso, mentre era appeso lì, inerme, il ventre della sua creatura si aprì, rivelando un'enorme bocca piena di denti scintillanti.

«Gesù! Oh, Gesù!»

Furono le sue ultime parole.

Usando le quattro mani per saltare verso l'utero da cui era uscito da pochi minuti, il Mongroide chiuse le mandibole spalancate sull'inguine del genitore, piantandogli le zanne nelle profondità della carne. Le invocazioni di poco prima divennero un urlo potente. La bestia prese un solido boccone di viscere, genitali e utero, e ricadde sul pavimento per divorare quello che aveva staccato.

Le interiora dello scienziato, ora che la parte inferiore era stata rimossa, si rovesciarono fuori dal suo corpo: il nastro degli intestini seguito dal fegato, dai reni e dalla milza.

Il genio dell'Ospizio del Sacro Cuore smise di urlare.

IV

Così, in una singola notte, Primordium perse due dei mostri che avevano infestato le sue strade, ma ne guadagnò altri due.

Venal Anatomica, o il Cieco, come cominciarono a chiamarlo, era, in realtà una sorta di scherzo della natura. Nonostante la sua stazza e la forza fenomenale, non riuscì mai a sviluppare le abilità compensative che spesso graziano i non vedenti. Visse sempre come se fosse stato appena accecato. Sempre agitando le braccia e ruggendo, sempre violento.

Montefalco, comunque, si prese cura di lui, per un bizzarro senso di lealtà. Ordinò che chiunque fosse scoperto a perseguitare Venal Anatomica venisse fucilato sommariamente. Dopo una dozzina di esecuzioni, il messaggio fu compreso da chiunque amasse tormentare la creatura. Il Cieco fu lasciato libero di infestare i cimiteri della città, dove spesso scavava le tombe recenti per divorarne i cadaveri.

V

Lucidique non trovò mai Agonistes. Pur guidando per diversi giorni, in cerca delle tempeste di sabbia in cui di solito si nascondeva, non ne trovò. Il deserto era immobile. Non si muoveva un alito di vento, né un granello di sabbia.

Dopo una settimana, quando il corpo del Maestro delle Falci cominciò a emanare odore di decomposizione, scavò una fossa a mani nude e ve lo calò dentro. Mentre se ne stava lì seduta accanto al tumulo, a piangere il suo amato, le sembrò di udire la voce di Agonistes che la chiamava per nome e si alzò, pronta a recuperare il corpo di Kreiger dal suo letto sabbioso, e a permettere al genio dell'Eden di compiere la sua magia rigeneratrice sul suo amante.

Ma non era la voce della Resurrezione, quella che aveva sentito. Era stato solo un trucco del vento. In realtà, nei successivi quarantuno anni, in cui Lucidique quasi mai si allontanò più di un quarto di miglia dal luogo in cui Zarles Kreiger era stato sepolto, Agonistes non si fece mai vedere.

VI

Poi, un giorno, mentre apriva gli occhi sullo stesso cielo azzurro su cui li aveva aperti per oltre quattro decenni, fu colpita dal desiderio di rivedere Primordium.

Scoprì con stupore che la casa che suo padre aveva costruito era ancora in piedi; era stata lasciata intatta da autorità troppo superstiziose per abbatterla. Tornò a occuparla, e dopo alcune notti trascorse a dormire sulle tavole nude del pavimento, per superare la paura di ricordi capaci di distruggere la sua sanità mentale, decise di tornare nel letto vecchio e macchiato dove lei e Kreiger avevano fatto l'amore tanti anni prima.

Non ebbe incubi. Lui era lì con lei, più di quanto ci fosse mai stato laggiù nel deserto. La teneva stretta, nei suoi sogni, e le suggeriva atti malvagi che lei talvolta metteva in pratica, in onore dei vecchi tempi. Sangue che lasciava scorrere libero, quando ne aveva voglia. Nessuno era al sicuro da lei. Avrebbe ucciso volentieri anche un santo, se non avesse gradito il modo in cui la guardava. E una notte, solo per il gusto di farlo, uccise i tre generali, Montefalco, Bogoto e Urbano, ormai grassi e vecchi, che non fecero molto per difendersi, al suo arrivo.

Un'altra notte, andò a cercare l'assassino di Kreiger, il Cieco.

Lo trovò al cimitero che piangeva dagli occhi cavati, con le lacrime stanche di un uomo che geme ogni notte, ma non sa come smettere. Lo osservò per un po', mentre lui singhiozzata e divorava i cadaveri. Poi lo lasciò alle sue sofferenze.

Era crudele, certo, lasciarlo vivere, quando avrebbe potuto mettere fine alla sua pena con un singolo colpo ben piazzato. Ma perché avrebbe dovuto dispensare misericordia, quando mai nessuno le aveva mostrato pietà? E poi, le piaceva pensare che ci fossero tre mostri, a Primordium. Il Mongroide (che aveva visto, nel suo regno di escrementi) nelle fogne, Venal Anatomica negli ossari e lei, nella casa di suo padre. Aveva un certo ordine, quell'idea.

Talvolta, quando si sentiva sola, considerava l'ipotesi di tornare nel deserto e stendersi accanto al corpo mummificato di Kreiger, lasciando che la sabbia la soffocasse. Ma qualcosa le impediva di farlo. Forse, avrebbe dovuto prima guardare la città di Primordium avvolta dalle fiamme, o sentire la follia arrampicarsi lungo la sua schiena.

Fino a quel momento, avrebbe vissuto il suo destino, nel sangue e nelle lacrime e nella solitudine, consapevole del fatto che, ogni notte, decine di migliaia di cittadini timorati di Dio la nominavano nelle loro preghiere, implorando il Signore di salvare loro e i loro volti da lei.

Era una forma di immortalità.

L'AUTORE

Clive Barker (Liverpool, 1952), scrittore, regista, sceneggiatore e pittore britannico, uno dei più grandi interpreti moderni del genere horror e fantastico. Tra i suoi romanzi: *The Damnation Game* (1985), *The Hellbound Heart* (1986), *Weaveworld* (1987), *Cabal* (1988), *Imajica* (1991), *The Thief of Always* (1992), *Sacrament* (1996), *Galilee* (1998), *Coldheart Canyon* (2001), *Abarat* (2002), *Days of Magic, Nights of War* (2004), *Mister B. Gone* (2007), *Absolute Midnight* (2011), *The Scarlet Gospels* (2015); tra le sue raccolte di racconti: *Books of Blood* (1984–1985), *The Inhuman Condition* (1985), *In the Flesh* (1986), *The Essential Clive Barker: Selected Fiction* (2000), *Tonight, Again: Tales of Love, Lust and Everything in Between* (2015).

Molte delle sue opere sono state tradotte in italiano, tra le quali: *Gioco Dannato* (*The Damnation Game*, Sperling & Kupfer), *Schiavi dell'Inferno* (*The Hellbound Heart*, Sonzogno), *Il Mondo in un Tappeto* (*Weaveworld*, Longanesi), *Cabal* (*Cabal*, Sonzogno), *Imagica* (*Imajica* Sonzogno), *La Casa delle Vacanze* (*The Thief of Always*, Fabbri), *Sacrament* (*Sacrament*, Sonzogno), *Galilee* (*Galilee*, Sonzogno), *Il Canyon delle Ombre* (*Coldheart Canyon*, Sonzogno).

Per i nostri tipi è stata pubblicata a Giugno 2017, col titolo di *Jakabok – Il Demone del Libro* la prima edizione italiana del suo romanzo *Mister B. Gone* (2007), e a Luglio 2017, col titolo di *Vangeli di Sangue*, la prima edizione italiana del romanzo *The Scarlet Gospels* (2015). È inoltre in uscita, a Ottobre 2017, la nuova edizione della novella *Schiavi del'Inferno* (*The Hellbound Heart*) con nuova traduzione.

Dai suoi romanzi *The Hellbound Heart* e *Cabal* sono stati tratti i film *Hellraiser* (1987) e *Nightbreed* (1990), diretto dallo stesso autore, che ha diretto, prodotto o sceneggiato diversi altri film.

Molte delle sue opere sono state adattate per serie di fumetti e videogames. Ha scritto inoltre opere per il teatro, e ha pubblicato libri d'arte contenenti le sue opere figurative.

Sito web dell'Autore: **www.clivebarker.info/**

ALTRI TITOLI DISPONIBILI – EDIZIONI CARTACEE

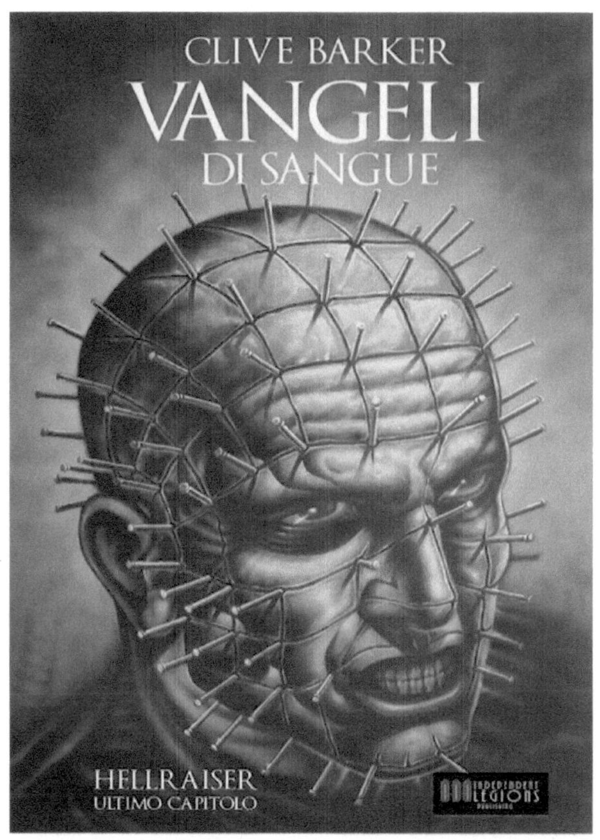

VANGELI DI SANGUE
di Clive Barker
Romanzo – **Formato cartaceo ed eBook**
Luglio 2017

ALTRI TITOLI DISPONIBILI – EDIZIONI CARTACEE

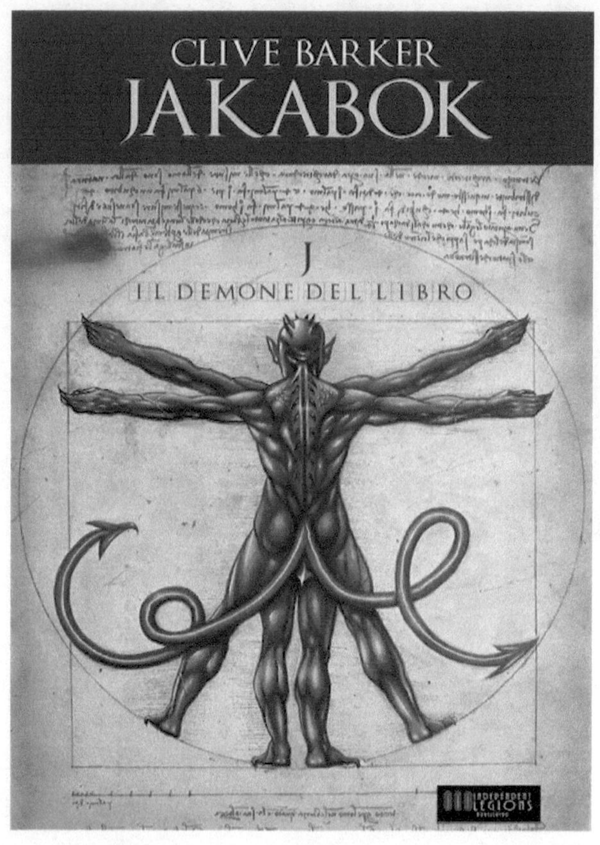

JAKABOK – IL DEMONE DEL LIBRO
di Clive Barker
Romanzo – **Formato cartaceo ed eBook**
Giugno 2017

ALTRI TITOLI DISPONIBILI – EDIZIONI CARTACEE

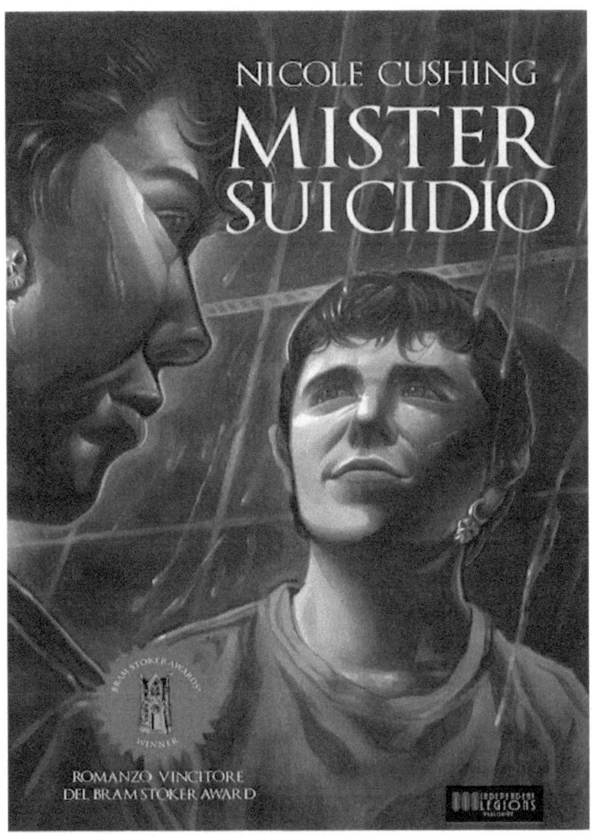

MISTER SUICIDIO
di Nicole Cushing
Romanzo – **Formato cartaceo ed eBook**
Luglio 2017

ALTRI TITOLI DISPONIBILI – EDIZIONI CARTACEE

LA CASA A NAZARETH HILL
di Ramsey Campbell
Romanzo – **Formato cartaceo ed eBook**
Gennaio 2017

ALTRI TITOLI DISPONIBILI – EDIZIONI CARTACEE

DISEGNI DI SANGUE
di Poppy Z. Brite
Romanzo – **Formato cartaceo ed eBook**
Aprile 2017

ALTRI TITOLI DISPONIBILI – EDIZIONI CARTACEE

CARNE CON MORTE
di Shane McKenzie
Romanzo – **Formato cartaceo ed eBook**
Febbraio 2017

ALTRI TITOLI DISPONIBILI – EDIZIONI CARTACEE

L'ISOLA
di Richard Laymon
Romanzo – **Formato cartaceo ed eBook**
Luglio 2016

ALTRI TITOLI DISPONIBILI – EDIZIONI CARTACEE

SENTIERI DI SANGUE
di Jack Ketchum
Breve romanzo – **Formato cartaceo ed eBook**
Novembre 2016

ALTRI TITOLI DISPONIBILI – EDIZIONI CARTACEE

IL CIMITERO DEI VIVI
di Poppy Z. Brite
Raccolta di Racconti – **Formato cartaceo ed eBook**
Ottobre 2016

ALTRI TITOLI DISPONIBILI – EDIZIONI CARTACEE

I GIORNI DELLA BESTIA
di Charlee Jacob
Raccolta di racconti – **Formato cartaceo ed eBook**
Luglio 2016

ALTRI TITOLI DISPONIBILI – EDIZIONI CARTACEE

IO VIAGGIO DI NOTTE
di Robert McCammon
Romanzo breve – **Formato cartaceo ed eBook**
Luglio 2016

ALTRI TITOLI DISPONIBILI – EDIZIONI CARTACEE

NARAKA – L'Apocalisse della Carne
di Caleb Battiago
Romanzo– **Formato cartaceo**
Luglio 2016

ALTRI TITOLI DISPONIBILI – EDIZIONI CARTACEE

SHANTI – La Città Santa
di Caleb Battiago
Romanzo– **Formato cartaceo**
Luglio 2016

ALTRI TITOLI DISPONIBILI – EDIZIONI CARTACEE

SHANTI – Extreme Version (Edizione Integrale)
di Caleb Battiago
Romanzo – **Formato cartaceo**
Ottobre 2016

EDIZIONI SPECIALI A TIRATURA LIMITATA

JAKABOK – IL DEMONE DEL LIBRO
di Clive Barker
EDIZIONE SPECIALE – TIRATURA LIMITATA (166 copie)
NUMERATA – ILLUSTRAZIONI A COLORI
Romanzo– **Formato cartaceo**
IN USCITA A OTTOBRE 2017
Prenotabile sul nostro Store (fino a esaurimento disponibilità):
http://www.independentlegions.com/store/p78/jakabokSE

EDIZIONI SPECIALI A TIRATURA LIMITATA

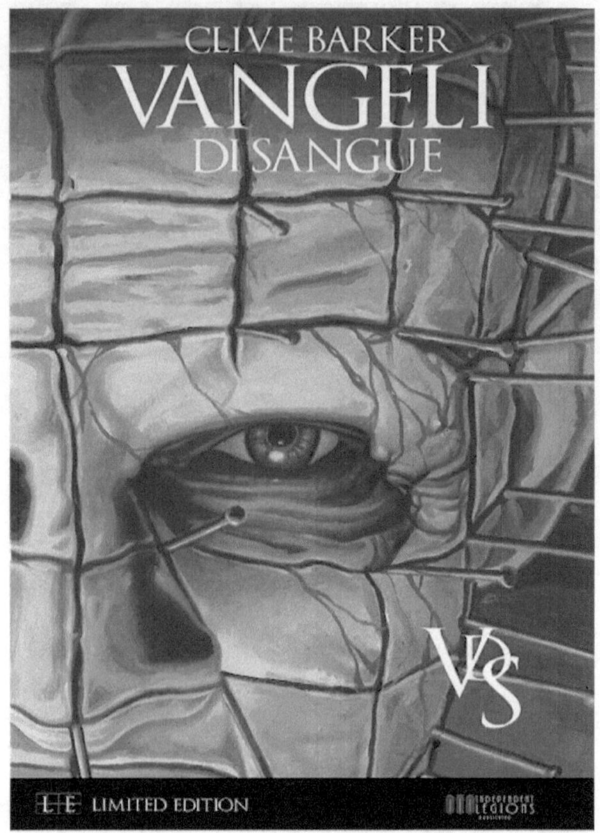

VANGELI DI SANGUE
di Clive Barker
EDIZIONE SPECIALE – TIRATURA LIMITATA (166 copie)
NUMERATA – ILLUSTRAZIONI A COLORI
Romanzo– **Formato cartaceo**
IN USCITA A OTTOBRE 2017
Prenotabile sul nostro Store (fino a esaurimento disponibilità):
http://www.independentlegions.com/store/p80/vangeliLE

ALTRI TITOLI DISPONIBILI – EDIZIONI DIGITALI

I SOGNI DEL DIAVOLO – Splatterpunk Glory
Racconti di: Richard Laymon, Poppy Z. Brite, Caleb Battiago e Lucy Snyder
Antologia di Racconti – **Formato eBook**
Settembre 2015

DANZE ERETICHE- HORROR EXPERIENCE
Volume 1
Racconti di: Richard Laymon, Poppy Z. Brite e Paolo Di Orazio
Antologia di Racconti – **Formato eBook**
Gennaio 2016

DANZE ERETICHE- HORROR EXPERIENCE
Volume 2
Racconti di: Ramsey Campbell, Gary Braunbek, Lisa Morton e Caleb Battiago
Antologia di Racconti – **Formato eBook**
Gennaio 2016

IN LONTANANZA, UN BATTITO DI ALI NERE
di Usman T. Malik
Antologia di Racconti – **Formato eBook**
Aprile 2016

MR. TORSO – ABOMINEVOLE REDENZIONE
di Edward Lee
Racconto – **Formato eBook**
Maggio 2016

L'INCUBATRICE
di Paolo Di Orazio
Novella– **Formato eBook**
Maggio 2016

SIRENE E FIGLIE FAMELICHE
di Alyssa Wong
Raccolta di Racconti - **Formato eBook**
Febbraio 2016

BEST LEGIONS – I MIGLIORI RACCONTI PUBBLICATI NEL 2016
di Richard Laymon, Ramsey Campbell, Poppy Z. Brite, Charlee Jacob, Caleb
Battiago, Lucy Snyder, Paolo Di Orazio, Alyssa Wong, Usman Malik
Antologia - **Formato eBook**
Novembre 2016

B.I.H.F.F. - SPLATTER PRESENTA: BEST ITALIAN FLASH FICTION
di Stefano Fantelli, Paolo Di Orazio, Caleb Battiago, Nicola Lombardi, Luigi
Musolino, Poppy Z. Brite, Edward Lee, Charlee Jacob e molti altri
Antologia - **Formato eBook**
Febbraio 2017

AREA 52
di Caleb Battiago
Novella - **Formato eBook**
Febbraio 2017

TITOLI DISPONIBILI – IN INGLESE

Consulta il catalogo delle nostre pubblicazioni in lingua Inglese sul nostro Sito Web: **www.independentlegions.com/english-books.html**

Independent Legions Publishing
di Alessandro Manzetti
Via Castelbianco, 8 - 00168 Roma (Italy)
www.independentlegions.com
www.facebook.com/independentlegions

GOOD KILL EDIZIONI

Consulta le pubblicazioni di Good Kill, nuova casa editrice del nostro gruppo, specializzata in narrativa thriller (Crime, Avventura, Azione, Mistero) di autori internazionali, tradotti in Italiano.

Sito web: www.goodkilledizioni.com

TITOLI DISPONIBILI GOOD KILL EDIZIONI

TRAUMA
di Nate Southard
Romanzo Thriller – **Formato cartaceo ed eBook**
Disponibile da Giugno 2017
GOOD KILL EDIZIONI

PROSSIME USCITE GOOD KILL EDIZIONI

PARALISI
di Brian Evenson
Romanzo Thriller – **Formato cartaceo ed eBook**
In uscita a Settembre 2017
GOOD KILL EDIZIONI

PROSSIME USCITE GOOD KILL EDIZIONI

ASSEDIO
di Bracken MacLeod
Romanzo Thriller – **Formato cartaceo ed eBook**
In uscita a Ottobre 2017
GOOD KILL EDIZIONI

9 788889 956960